Poesia Original

EU FALO

eu falo

ALICE QUEIROZ

Poemas

Prefácio
João Angelo Oliva Neto

1ª edição, São Paulo, 2022

LARANJA ● ORIGINAL

Prefácio

Lugar de falo

eu falo, de Alice Queiroz, é livro de poemas eróticos. No entanto, não se falará aqui de "erotismo", nem de sexualidade, nem de empoderamento feminino, mas de poesia. *Não* se falará de tais assuntos porque, mais do que tudo, *sim* se falará de poesia; *eu falo* é livro contemporâneo de poemas eróticos e, se às vezes penetram o obsceno, fazem-no porque se trata aqui também, como o título indica, de uma fala, ou seja, de um discurso. Ora, o discurso contemporâneo, qualquer um, é objetivo e não teme falar das coisas, como elas são, nem teme usar os nomes que têm, conforme sinaliza a epígrafe buscada em Alberto Caeiro. Além disso, o encontro amoroso dos corpos, sabe-se, é o momento em que não há tabus nem no gesto nem na fala dos amantes: se não há tabus no ato, por que deveria haver no discurso sobre o próprio ato? Esta coerência e liberdade é bem o que se lerá no livro. A palavra é a própria coisa e o discurso é o próprio ato: "Flor é a palavra flor", dissera nosso poeta. Neste ato amoroso que se lê, que é feito de palavras, o obsceno, como um amante, só pode despir-se da própria obscenidade para dizer as coisas como são, para dizer as coisas que se fazem e que se dizem enquanto se fazem. Já não é obscenidade, é desejo, é busca.

Saiba, pois, quem lê que os poemas de *eu falo*, sendo sim perfeitamente contemporâneos, com todas as necessárias implicações poéticas e políticas disso, possuem uma perspectiva que se pode dizer "antiga", porque a matéria fálica que perpassa o livro, que é parte da erótica, é tratada pela autora, até quando menciona a sociedade circunstante, com aquela positividade, por assim dizer, que havia na poesia antiga. Os antigos reservavam espaço a matérias como turpilóquio (linguagem de baixo calão), invectiva (insulto), imprecação (desejo de que um desafeto sofra), que hoje ou são ausentes da poesia ou comparecem de modo bem diverso de como apareciam, como é o caso da matéria erótica. Com efeito, turpilóquio, invectiva, imprecação, erótica (emprego doravante o termo como substantivo, que não há mas deveria haver) ocorriam sem que necessitassem ser transgressivos: não precisavam ser. A erótica, em particular, não se punha deliberadamente contra uma regulação moral, como é caso, entre outros, da literatura libertina do século XVIII. A poesia antiga não desejava escandalizar o crente nem chocar o burguês, pois que era produzida numa sociedade em que as religiões de modo geral consideravam o corpo e o sexo de modo diverso do que fez o Cristianismo, e as classes médias não determinavam um padrão de gosto para o que veio a ser consumo de literatura. Na Idade Moderna a poesia e a prosa eróticas, pressupondo a existência da moralidade cristã, desejavam de alguma forma transgredi-la e assim tornavam-se obrigatoriamente "negativas", isto é, punham-se "contra algo", e, por mais que isso pareça politicamente significativo, não deixa de ser poeticamente menor, não apenas porque a poesia e a prosa deixavam de ser fim e passavam a ser meio, senão porque a erótica que veiculavam já não tinha a substância ontológica daquilo que existe por si só, ou melhor dizendo, daquilo que, por si só, *é*, mas passava a estar a soldo de uma causa. Os poetas antigos ocupavam um espaço que existia para a matéria amorosa e erótica, porque, assim como o turpilóquio, a invectiva, a imprecação, ela era parte da vida. Se era parte da vida, não podia deixar de ser parte da poesia. Postura análoga tem Alice Queiroz, o que torna os poemas muito eróticos e faz deste livro um acontecimento poético importante.

O título e a imagem da capa são, senão uma chave de leitura, ao menos uma pista, pois que a locução "eu falo", associada à imagem do copo de uma flor (semelhante a uma vagina) de que se ergue um estigma (assemelhado ao pênis ereto), sintetiza o que se lerá: um sujeito, "eu", que se investe da condição de poeta e "fala" em primeiríssima pessoa sobre o contato entre homem e mulher, conforme sugere a imagem. Mas logo nos poemas iniciais percebe-se que a persona poética é uma mulher (não era obrigatório que fosse apesar de tratar-se de autora), que fala, como mulher, da condição masculina, tal como ainda hoje, depois de todas as transformações do mundo, desgraçadamente costuma apresentar-se. O poema de abertura, *"Contre tous"*, é de fato assertivo:

> Igual ao seu já vi centenas
> e ao mesmo tempo nenhum
> o que muda é essa qualidade
> comum a todos: sua natureza
> dolorosamente ambígua
> e se o (in)utiliza como servo
> dominado culpando-o por seus
> erros e outros pequenos pecados
> em nossa sociedade brasileira
> e em quase qualquer sociedade
> se não fizer isso é homem
> e se fizer isso ainda será
> embora eu o questione:
> quem é você? imaginário de poder?
> de grana de gastos de grandeza
> de excessos extremos excedentes
> um patético apoplético impotente
> que vive em função do máximo de tudo
> topo do mundo da cadeira do chefe
> à presidência – por que não?

> mas no fim é só um homem
> existência vaga de constante moleza
> e breves horas épicas e ébrias
> de onde nasceu a sua sina? [...]

O meio verso "igual ao seu" retoma aquela fala jactante de adolescentes e até adultos quando exibem e comparam, jocosamente a sério, o tamanho do pênis (e do poder, como se lê logo adiante) só para que seja a seguir revertida em banalidade: "já vi centenas". Tornando ao título, "eu falo", portanto, não implica que o sujeito poético, o "eu" que fala, seja um homem, presentificado no falo. Desse modo, a locução "eu falo" é, ao lado da imagem icônica, uma imagem verbal, um desenho em miniatura do que é o livro: o "eu", uma mulher, *diante* do "falo". O falo é assim objeto da fala feminina. O livro, por isso, *não* é a versão moderna dos antigos poemas da *Priapeia* grega e da *Priapeia* romana, em que o deus Priapo (que outra coisa não é do que o falo personificado e divinizado) se jacta – ridiculamente, deve-se dizer – do falo enorme que possui. Ali o falo, como entidade hipertrofiada e, portanto, torpe, é detentor da palavra e então fala de si e fala do mundo sob o viés fálico que tem. (Não se engane o leitor varão: Priapo – que é, aliás, o título de um poema deste livro – é uma monstruosidade porque nele o membro sexual, que é uma parte do corpo, passa a ser maior que o próprio corpo; a ereção, que nos homens normais é passageira – porque é necessária apenas para um momento importante da vida, o encontro amoroso – em Priapo é eterna, de modo que analogamente a condição passageira, a ereção, que é uma parte do tempo, passa a ser contínua, passa a durar o tempo inteiro. Se isso ocorre com os homens, eles têm doença grave, que lhes pode gangrenar o pênis e que não por coincidência recebeu o nome de "priapismo". O deusinho Priapo não sabe, mas ele é deforme e é ridículo. A deformidade física de Priapo é só a manifestação visível de uma deformidade ética.) *eu falo* de fato não repete hoje a antiga *Priapeia*, mas nos dá precisamente o que não se encontra lá, que é o discurso da outra parte, a fala do lado feminino sobre este mesmo falo ainda hoje hipertrofiado, deste Priapo que resiste. Esta é a perspectiva da poeta, que radica em parte na poesia de Hilda Hilst, como a outra epígrafe com justiça reconhece. Ora, sem negar a necessidade de que exista o falo para o necessário encontro amoroso, sem negar a atração que a persona poética, que é uma mulher, tem por ele, os poemas de Alice Queiroz mostram pelo lado feminino como o homem (brasileiro) de hoje se deixa reduzir e atrofiar humanamente pelo falo que ele mesmo insiste em hipertrofiar eticamente, como também se lê no poema introdutório:

> esqueça os filmes de sexo:
> com eles você só aprendeu
> a ser monstro máquina ou martelo

Como disse, o livro preenche um vazio discursivo antigo e para fazê-lo os poemas se dão como resposta serena a uma provocação dada pelo estado de coisas, que é a hipertrofia masculina e a consequente desumanização do homem. Pois bem, para efetivar a resposta, a poeta agencia recursos de linguagem que é mister comentar, porque são o cerne da poesia. O recurso mais ocorrente é o modo como refere este homem que é matéria, para não dizer objeto do discurso. Quando se dirige a ele, diz apenas "seu", "você", explícito ou implícito na pessoa verbal. Quando fala dele, diz apenas "ele" ou emprega o oblíquo "o" e no máximo diz apenas "homem", de sorte que este homem brasileiro de hoje, monstro, máquina ou martelo, não tem nome, o que, aliás, consta na epígrafe que buscou em Hilda Hilst. Com assim fazer, Alice Queiroz aciona um minimalismo que integra e estende boa linhagem da moderna literatura brasileira quando trata de desumanização, conforme observa nas personagens de *Vidas Secas*, de Graciliano Ramos, detentoras ainda de algum nome, "Fabiano", ou já de nenhum, "Menino mais velho", "Menino mais novo", e como se lê em Carlos Drummond de Andrade, no poema "José", variante irônica de "Zé-ninguém".

Outro recurso é a *ben trovata* ressignificação de certos termos banais, que passam a ser essenciais no discurso poético do livro, como por exemplo "falácia", título do segundo poema. Ora, "falácia" quer dizer "falsidade", e na lógica aristotélica quer dizer "sofisma". Pois bem, num contexto em que se já havia extraído significação poética da paronímia "falo", membro ereto, e "falo" do verbo "falar", o termo "falácia" – de imediato, em chave paronímica e semântica a um só tempo – passa a nos dizer que a demasia fálica que rebaixa o homem é falsidade, é só arremedo da verdade.

Assim também ocorre com a palavra "membro" no poema "4/5", de que se leem aqui duas estrofes:

> no seu corpo
> 4 membros escuros
> um quinto escuso [...]
> esse 1/5 que busca
> com ímpeto brusco
> um corpo materno

Como se pode ver, no segundo verso da primeira estrofe "membros" no plural diz respeito aos braços e pernas, e no terceiro verso refere-se ao pênis, mas o que é menos visível é o sentido que os dois significados produzem à luz do título "4/5": o pênis, embora erigido a falo, não é o homem inteiro, mas só um quinto do homem todo, que, ademais, no instante do ato amoroso, é todo incompletude, uma vez que "busca um corpo materno". Este, sem que pareça, é poema muito propositivo.

Semelhante ressignificação incide em expressões recolhidas da fala, como a já comentada "igual ao seu", ou relativas a objetos ordinários, como as muito eróticas *"touchskin"* e "alta definição", do poema "iPh". O título remete ao telefone celular dotado de *touchscreen*, dispositivo que ao simples toque do dedo na tela faz acionar os recursos ou, digamos, as potencialidades do aparelho. Aqui *touchscreen* torna-se, por outra paronomásia, *touchskin*, isto é, "o mero toque do dedo na pele", toque que faz excitar o desejo e a ereção e a ejaculação, significada, esta, pelo "branco clarão" do *flash*, já não na câmera do celular, mas no esperma do parceiro.

Mais elaboradas são as relações paronímicas e paronomásticas ocorrentes no poema "Fato", título este que já é mínima variação de "falo". O poema é dividido em duas partes, correspondentes a dois momentos: um imediatamente anterior ao ato sexual, outro imediatamente posterior. Na primeira parte, no momento imediatamente anterior ao contato sexual, lemos a palavra "fálico", adjetivo cognato e referente, como se sabe, ao substantivo "falo". Na segunda parte, respectiva ao momento imediatamente posterior ao contato sexual, lemos a palavra "falido", que não é por etimologia ligada a "falo" nem a "fálico", mas liga-se sim por paronímia e paronomásia a "fálico". Com efeito, das seis letras (no plano visual) e seis fonemas (no plano sonoro) de que são compostas as palavras "fálico" e "falido", só uma letra e só um fonema diferem: lemos -c em "fálico" e -d em "falido". Todas as outras letras e fonemas são iguais e encontram-se na mesma posição. Além da diferença de uma letra e um fonema, há outra, que é a posição da sílaba tônica: "fálico" é vocábulo proparoxítono, e "falido" é paroxítono: ou seja, vê-se grande semelhança e pequena, mas fundamental diferença. Como é evidente, "fálico" designa o falo, membro ereto pronto para a penetração, ao passo que "falido", bem entendido, "caído", já não designa falo, mas o membro flácido após o orgasmo. Ora, as palavras proparoxítonas em português, porque penetraram na língua pela chamada "via erudita", isto é, porque foram direta e artificialmente tiradas do latim pelos poetas a partir do Renascimento, são – quanto ao "registro", como se diz na linguística, ou quanto ao nível de "elocução" (elevado, médio e baixo), como se diz na retórica – mais eruditas, são mais *elevadas*, ao passo que as palavras que evoluíram normalmente do latim, atravessaram a Idade Média até chegar ao português são paroxítonas e, por isso, mais coloquiais e chãs, conforme se vê pelo cotejo de vocábulos que têm origem comum, ou antes, vocábulos que são de fato originariamente um só e, no entanto, se tornaram dois, como "frígido" e "frio" (do latim *frigidum*), "rígido" e "rijo" (de *rigidum*), "másculo" e "macho" (de *masculum*), "límpido" e "limpo" (de *limpidum*) etc. Assim sendo, toda palavra proparoxítona em português já contém em si certa elevação, certo registro culto. Ora, justo ao momento de ereção, quando o homem está pronto para penetrar (que são "as breves horas épicas", no dizer da poeta), corresponde uma palavra proparoxítona, cujo registro e elocução são, digamos, grandiloquentes, cheios de si, e ao momento posterior à ejaculação, quando o membro está flácido e deveras cabisbaixo (que é a "constante moleza", como a poeta também diz), corresponde um termo paroxítono, cujo registro é coloquial, ordinário. Antes que os termos "fálico" e "falido" nos comuniquem o sentido contrário que têm, já percebemos pelo ritmo a diferença, o que significa dizer que os termos pelo ritmo já produzem aquilo que semanticamente significam, o que é procedimento poético por excelência. Mas isso não é tudo. Disse há pouco que *lemos* a palavra "fálico" e a palavra "falido", o que é verdade; porém, não menos verdadeiro é que *vemos* que elas, na respectiva parte, dispostas lado a lado e sucessivamente página abaixo, constroem um desenho: a palavra "fálico" desenha o perfeito contorno do falo, ou seja, do membro ereto, com os testículos embaixo e a glande apontada para cima, e a palavra "falido" desenha o perfeito contorno do membro flácido, com testículos em cima e a glande apontada para baixo. O tamanho das letras de "fálico", assim como a imagem do falo que desenham, são maiores do que o tamanho das letras da palavra "falido" e da imagem por ela desenhada. Ao tempo em que *lemos*, *vemos* o membro masculino antes e depois do ato amoroso: isto é pura poesia visual, que ainda ocorre com a imagem do falo em "Iconoclasta" e com a imagem de uma taça em "a deus". Os poemas visuais de Alice Queiroz podem ter-se nutrido de imediato na poesia concreta brasileira, mas inserem-se na linhagem iniciada no século III a.C. por poetas gregos do período helenístico (Simias de Rodes, Dosíadas de Creta, Téocrito de Siracusa), continuada por poetas romanos, por poetas medievais cristãos e depois, com advento da imprensa, por poetas da Idade Moderna até hoje. Os poemas visuais, sendo concretamente bem contemporâneos, são deveras muito antigos.

Por fim, ainda tratando de questões formais, sem deixar, porém, de falar da matéria erótica que é ostensiva neste livro, é no poema que leva o título do volume, "eu falo", que, penso, a poeta enfrenta com altivez as questões suscitadas hoje, na esteira de não sei quantos movimentos identitários, por uma situação bem precisa, que é uma persona poética feminina, vá lá, uma mulher!, não apenas não recusar o falo que não tem, como lá do alto de seu lugar de fala eroticamente desejá-lo:

> só o L dessa fala
> ficou um pouco distorcido
> como uma letra estrangeira
> meu amor decaído
> pelo sexo masculino

O leitor (refiro-me à categoria) deve saber, se já não sabe tendo lido o livro, que não se trata de "relato de experiências", mas da radicalização da perspectiva que a poeta assumira, como já se disse: o falicismo, o priapismo comportamental rebaixa eticamente o homem. *eu falo* (o livro), que não se põe a soldo contra algo, continua a ser positivo para não aderir tampouco a nenhuma militância. Mas agora em "eu falo" (o poema) e nos demais poemas de "armagêmea – cinco poemas tirados de mim", que é a última seção do livro, percebe-se que aquela perspectiva, agora sob a forma de prece ("a deus", "ao eterno"), vai se fechando como postulação: não é porque não deve haver demasia fálica, que não deva haver falo, necessário ao encontro amoroso e tudo que ele faz nascer. Pois é, *eu falo* é livro sobre o amor por um homem, tal como uma mulher postula que o homem deve ser para esse mesmo amor, amor talvez difícil, mas sempre amor. É bem por isso, que no quinto poema da série, "e o fim", o derradeiro do livro, "arma", materialização do falicismo agressivo, se torna "alma", que deve ser entendida como essencialidade, como depuração existencial, por causa do gesto da poeta, que é um tiro às avessas:

> você
> mostra a arma
> e eu a tiro
> mostra a alma
> e eu a cerco
> retiro o resto
> daquilo em
> você mesmo
> e me dispo
> e me despeço
> deste homem
> eterno
> entre o meio
> do meu éden
> e o fim

eu falo, como se vê, além de tudo, é também um livro sublime, o que, pelo que temos dito, significa ainda finalmente dizer que não é apenas discurso, porém trajetória, percurso. Não é um conjunto casual de poemas recolhidos que se poderiam ler ao acaso, mas, tendo ordem, reclamam disciplina. Por isso, quem o lê leia--o seguindo a disposição em que os poemas se apresentam, leia-o percorrendo os poemas detendo-se com calma em cada um como quem para numa estação mas segue viagem a bom termo.

João Angelo Oliva Neto
Universidade de São Paulo

eu falo

O único mistério é haver quem pense no mistério.
                                        Alberto Caeiro

Em minhas muitas vidas hei de te perseguir.
Em sucessivas mortes hei de chamar este teu ser sem nome
Ainda que por fadiga ou plenitude, destruas o poeta
Destruindo o Homem.
                                        Hilda Hilst

Contre tous

Igual ao seu já vi centenas
e ao mesmo tempo nenhum
o que muda é essa qualidade
comum a todos: sua natureza
dolorosamente ambígua
e se o (in)utiliza como servo
dominado culpando-o por seus
erros e outros pequenos pecados
em nossa sociedade brasileira
e em quase qualquer sociedade

se não fizer isso é homem
e se fizer isso ainda será
embora eu o questione:
quem é você? imaginário de poder?
de grana de gastos de grandeza
de excessos extremos excedentes
um patético apoplético impotente
que vive em função do máximo de tudo
topo do mundo da cadeira do chefe
à presidência – por que não?

mas no fim é só um homem
existência vaga de constante moleza
e breves horas épicas e ébrias
de onde nasceu a sua sina?
do berço da igreja da mídia
da mesa da sala ou do balcão
do bar da esquina? das escolas

das rodas de punheta dos puteiros
onde se obrigam meninos a se
deitarem com mulheres cínicas?

esqueça os filmes de sexo:
com eles você só aprendeu
a ser monstro máquina ou martelo
e ao invés de erguer construção
destruir durante horas
e sem nenhum alívio
para consolo de segundos
ferramenta de um submundo
de humilhação e de estupro
patrocinado pela *pfizer*

esqueça os filmes de ação:
com eles você só aprendeu
a ser sozinho contra todos
herói sem nome com carro blindado
sem ajuda nem companhia
exceto a pistola ou a espada
tiro porrada e bomba
nas musas siliconadas
a depender da produção milionária
que lucra com o seu fracasso

esqueça enfim o que te disseram
esqueça tudo exceto: seja homem
não foi isso que você ouviu a vida toda?
hoje mesmo e sempre seja
sem faltar nenhuma parte

cabeça coração corpo
e até falo – quando bem colocado
seja amoroso e honrado
seja imperfeito
seja fraco.

Falácia

ele diz que pode
meter como se arrombasse uma porta

ele diz que dura
quarenta minutos ininterruptos de foda

ele diz que goza
um copo de porra pela sua pica grossa

ele diz que é grande
conforme os padrões da cultura misógina

pergunto se ele falha   (ele cala)
pergunto se ele sente   (não entende)
pergunto se ele ama   – só na cama

a cama é o lugar
onde o cara quer bancar o super-homem

Sexo forte

transforme
sua espada
em pena
e escreva
um poema
de amor

寂しい (**sabishii**)[1]

sozinha busco aquele que está só
sobre meus frágeis dedos
pendendo como acento
de uma agudeza infinita
termine comigo
termine onde começo
pois desse contato
algo de fêmea algo de efêmero
brota ressoante urgente
e sobretudo violento
quero sentir na alma no âmago
sua solidão a me ferir, dura e simplesmente

懐かしい (**natsukashii**)[2]

entre
me dê
um fim
encontre
em mim
seu início
me complete!
me faça inteira!
a você, já terminado
darei um novo recomeço
e retornará ao meio à origem
do útero não mais prisioneiro
mas um homem livre e completo!
assim seu sêmen será para o meu corpo
fluido a me nutrir, como me nutriu o leite materno

4/5

no seu corpo
4 membros escuros
um quinto escuso

no seu corpo
4 membros certos
um quinto curto

no seu corpo
4 membros retos
um quinto ereto

no seu corpo
4 membros frouxos
um quinto roxo

esse 1/5 que busca
com ímpeto brusco
um corpo materno

coração de couro

um coração de couro
é isso que leva consigo
desde o parir do mundo

atrás da fechadura de seda
que lhe conceda abrigo
tão sozinho é você

basta espreitar a fresta
a seda é apenas invólucro
dentro um rio corre rubro

...(vaginas estupradas
    clitóris arrancados
    úteros sangrando)...

mas você como todo rei
prefere se cobrir de seda
com um coração de couro

fosse ele rasgado ao meio
dentro só haveria papel
um papel meio sujo

um rei deve ser grande
ter todas as chaves do mundo
e um coração de couro

onipresença

eu o vejo
deus
sol
semente

eu o vejo
diabo
vermelho
ardente

eu o vejo
todo
gigante
potente

eu o vejo
nada
pequeno
latente

eu o vejo
no outro
corpo
silente

eu o vejo
em mim
e por estar
ausente

me faço
presença
igual
e diferente

eu o vejo
eterno
eterna
mente

Selvagem

o pênis
é bom por natureza
o homem
é que o corrompe

caprichoso

duro, me chama
mole, me esquece

duro, me excita
mole, me comove

duro, me cala
mole, me ouve

duro, me cerca
mole, me escapa

duro, me engana
mole, me convence

duro, cabe dentro de mim
mole, na palma da mão

duro, adentra a minha carne
mole, move o meu coração

Fascinum

Se antes fui cega
sua luz me cegou:
a carne de sol
sob as veias de seda
em branco liquefeita

sua luz me fez sem cor
fiquei opaca
perdida e vaga
dentro de mim

Se antes fui surda
seu som me ensurdeceu:
no espasmo rugido
fúria dos deuses
e dos tempos idos

seu som me fez sem dó
fiquei sem abrigo
à beira do sentido
fiquei mulher

Se antes fui muda
sua voz me emudeceu:
e ergueu seu altar
de vaidade fugaz
para me ajoelhar

sua voz me fez sem voz
fiquei escrava
do meu ídolo
feito sacrifício

insensível
ao resto do mundo
a nada e a tudo
exceto a você

(sobretudo a você)

Priapo

Quem com o
falo fere
com o (próprio)
falo será
ferido

Ideal de beleza

Liso
simples
e direto
feito flecha
sem medo
que mira
reto
virado
pra frente

regular
mas repleto
de vincos
e veias
teso
do sangue
que vibra
por dentro

médio:
nem fino
nem grosso
nem grande
nem pequeno
que caiba
inteiro
ao fechar
meus dedos

rosado
em especial
na cabeça
brilhante
e redonda
como o topo
de um farol
aceso

e que endureça
sem nos
vermos
só de ouvir
meus passos
no tapete
só de ver
minha boca
aberta
insolente
devoradora
faminta de carne
sedenta de porra

e que endureça
sempre
na agonia
do desejo
sem nos
tocarmos
sem receber
sequer um olhar

sequer um beijo
só de lembrar
como o deixo
mole e seco
exaurido
e satisfeito

esse é
meu ideal
de beleza;
se não for
desse jeito
também aceito
qualquer outro
que satisfaça
um paladar
exigente

GAG

minha garganta cede
ao seu dedo de prosa

marginal

um homem sem tirar nem pôr
mais tirando que pondo
mais amoroso que tirano

um que não me deixe na mão
me guie pela mão na calçada
moça distraída, ensimesmada
alheia aos carros rasgando a avenida

um homem que faça nas coxas
de vez em quando por pura preguiça
e para me poupar das estocadas

um que não me deixe na mão
me guie pela mão na calça
para sua ereção em plena praça
só para me ver corada, um pouco brava

um homem que não sai de cima
lambe como gato acostumado
ao fluido nem doce nem salgado

um que não me deixe na mão
me dê a mão e os membros todos
seu dedo do meio, curto e grosso
à meia-luz de uma quitinete alugada

um homem com a boca suja
para eu ouvir a putaria abreviada
não censurada pela norma culta

um que não me deixe na mão
porque sabe como a mão pode tocar
desde a punheta mais vulgar
até meu sexo sensível após o gozo

Herança

dissemine os genes da paz
na porra do seu esperma

terra úmida

mãos de homem
ásperas   mudas
pelos meus cabelos
grandes   nuas
pelos meus seios
tépidas   duras
pelos meus pelos

enquanto me acaricia de leve
solene   toque sem toque
penso em quando se masturba
no mover bruto
sem qualquer emoção
extraindo seiva
como quem rega plantas

penso em quando se masturba
e me excita   ainda que
singelamente comedida
eu não diga que nas suas mãos
desejo sobre tudo florescer!

acordar a cada manhã
marcada pelo parir do sol
pelo cheiro da terra úmida
descalça   ir até o jardim
e cuidar mais do regador que das flores

εὐφραίνουσα (euphrainousa)[3]

ocupar o espaço entre suas pernas
mulher a honrar o homem
feito fonte inesgotável de mistério
padeço aos pés do sexo
castanho como caule no outono
com a fresca alegria
de flor na primavera da sede
sorvo o membro fértil
bruta carne tesa e incerta
e sirvo ao mútuo anseio
ocupar o espaço entre minhas pernas

ἀκόλουθε (akolouthi)[4]

siga-me se quiser ver
mais de perto: sou como uma
promessa de desejos despertos
antes que abra os olhos

siga-me se quiser verter
a seiva de seu caule em riste
sobre cada poro da minha pele
desnuda durante o sono

siga-me se quiser reverter
a razão triste do nosso destino
ou devastar essa flor de carícias
na noite lilás e sonâmbula

Encanto

em cada forma eu o encontro
e nele encontro todas as formas

iPh

touchskin
alta definição
diante dos olhos
no bolso da calça
ao alcance da mão

é só pegar
é só tocar
os dedos deslizam
sem esforço
levemente

de uma imagem a outra
em rápida sequência
ou em câmera lenta
magia da fisiologia
divina ciência

e depois do *flash*
o branco clarão
a foto surge:
que qualidade
de imagem e som!

o *smartphone*
é o melhor amigo
do homem
e da mulher

nude na *stone age*

ele jura que não vai fazer
mas pede seu celular
e faz

96 em cada 100 cedem
à voragem de exibição
na *web*

o *nude* masculino
é mito
as fotos que chegam
são eles
seminus de porrete

não sabem que o inferno
é tão cheio de boas
intenções

quanto os sites de putaria
e as nossas mídias
do *whatsapp*

Fato

          FÁLICO

          FÁLICO

        F Á L I C O

          FÁLICO

          FÁLICO

          FÁLICO

          FÁLICO

          FÁLICO

          FÁLICO

FÁLICO   FÁLICO   FÁLICO

FÁLICO   FÁLICO   FÁLICO

FÁLICO   FÁLICO   FÁLICO

falido falido falido
falido   falido   falido
falido falido falido
falido
falido
falido

Fisiologia da questão

simpatético;
parassintético.
(é um mistério)

fada (sou mais fálica que muito homem)

> *Eu sou pau pra toda obra/ Deus dá asas à minha cobra*
> *Rita Lee & Zélia Duncan*

estou fálica no meu canto
como fadada a ser falante
aliciadora dos alicerces
dessa cidade soturna
cativa e castradora
de ideias e ideais nulos
sou macho na doçura
amargor de fêmea nua
anônima em ascensão
com aquilo na cintura
você duvida que eu dure?
mostra a arma que eu engulo
e te desarmo de tanta gula
anormal contra a norma culta
clamo o culto dessa cultura
da fala e do falo que busco
pois sem nada encontro tudo
meus ocos e seu mundo
no buraco de uma agulha
encho a boca com orgulho
do fato e do fado absurdos
de ser mulher e fazer barulho
não falo: continuo rindo
e mesmo falida ainda canto

MC pesquisadora

seu pau me ama?
bacana, penso
mas você ama seu pau?

Deus-falo

Estátua de rutilante onipotência
aprisionada em frágil carne humana
rijeza de elástico contra membrana
erigida como em ode à opulência

você – que já foi deus e demônio
santo e pagão, dos povos unanimidade
parte pelo todo, centro da humanidade
milagre, mente, matéria e sonho

há que ceder, essa é a sua natureza
inerente ao poder, veneração e grandeza
que criou o mito, verdadeira desgraça

e no entanto reina sobre o bem e o mal
exercendo no mundo a influência fatal
da maior mentira: a mais perfeita farsa!

Oração

Diante dele sem palavras
                         duro silêncio
Sob as mãos feito escravas
                         somente peso
Compreendo minha sina
                         cabeça erguida
Assim recebo sua doutrina
                         carne viva
Sobre meus lábios vertem
                         santo líquido
Em corpo e ser convertem
                         seja símbolo

Deusa

se deusas do amor em Vênus vendem
    o que deuses da guerra matam em Marte
    viro deusa da guerra pelo homem
        que virar deus do amor à minha parte

Deus

se Aquiles, cujo calcanhar é fraco
      expia aqueles cuja parte hesita e falha
decaio – mulher errada a duras penas
atrás do Hermes que desafie o fio da espada

assassino

você usa
você deixa
que ela use?
você abusa
você deixa
que ela abuse?
você gosta
você deixa
que ela goste?
você gasta
você deixa
que ela gaste?

você toma
você deixa
que ela tome?
você tira
você deixa
que ela tire?
você ataca
você deixa
que ela ataque?
você assalta
você deixa
que ela assalte?

você dá
você deixa
que ela dê?

você sente
você deixa
que ela sinta?
você tem
você deixa
que ela tenha?
você vive?
morto ou vivo?
deus existe?

Falicismo

o pênis   é deus
o homem   matou deus
a mulher   o reviveu

No bosque do colégio de freiras

Em toda forma fálica
existe algo de ruína:
                     a sina
de todo falo é tornar
a ser botão de flor.

Em toda menina resiste
a inconformidade com a
                         ausência;
nega Freud em silêncio
ao provar pétalas e folhas.

Estereótipo

"Mulher não gosta de pênis,
mulher gosta é de dinheiro"

Dinheiro eu tenho
nem pouco nem muito
o suficiente

Então para que eu
vou querer algo
vulgar sujo comum
e que todo mundo tem
uns de mais outros de menos?

Se for assim prefiro algo
comum sujo vulgar
que muitos têm de normais
uns de menos outros de mais
algo até mesmo banal
que eu nunca vou ter

Documento

Muitos homens que conheço
perguntam se eu me importo
com o tamanho do documento

penso que o mais importante
além do porte do mesmo
nesse país onde vivemos
cheio de operários pobres
e analfabetismos afetivos

é saber ler seu documento
protegê-lo em plástico fino
não exibi-lo grosseiramente
mas ofertar com desapego
o documento que recebeu
seja da sorte ou de deus
a depender da sua crença

porém como não sou nada
além de humilde iletrada
mera leitora autodidata
do masculino moderno
prefiro não responder

e esconder a opinião
tão pequena que nem
a vejo sem espelho

no lugar dela

Subversão

Quisera eu não dormir aos prantos
desejos

ser consertada quando me pisassem
como uma boneca quebrada

Quisera eu não acordar com sangue
vestígios

tormentos sujos que não admito
como uma rosa dissimulada

Contenção

Sobre as meias ¾ sob a saia
de uma colegial japonesa
que volta à noite para casa

(um sonho de estrelas múltiplas
o grito em um beco alucinado

um delírio de dedos e tentáculos
o sopro esfumaçado de dez armas

um pesadelo de espasmos em fileira
o choro de uma virgem aos pedaços)

Há um altar que venera pés descalços
no *genkan* larga a bolsa deixa rastro
ao chegar sem pernas sem a alma

Expiação

Cresci ouvindo mamãe dizer
que "o nosso corpo é nosso templo"
que mulher tem que se dar respeito
só com amor, só depois do casamento

Eu só lembro que me ensimesmava
ouvindo meu Dimmu Borgir no talo
coberta de negro feito uma freira
de igreja gótica depredada na Noruega

Bem calada no calor da madrugada
evocava nua a dança a marretadas
do *blasting beats* do rouco gutural
e profanava meu templo puro, devagar

motivo para cortar as unhas

l'enfant

um mistério na ponta dos dedos
antes de dormir   meu segredo

ou ao chegar da escola
entre tirar o uniforme e
descer para o almoço
o instante sôfrego

indo e vindo ou em círculos
como o punho dos meninos

mas sem ninguém ver
só eu e o fundo eu
me abrindo comigo
em silêncio contínuo

l'adulte

um costume de mover os dedos
antes de dormir   sempre cedo

ou na tarde lânguida
jogada na cama
sozinha me entrego
ao jogo de damas

o escuro cerrado do quarto não
distingue a sombra do meu ato

com objetos ou no tato
a mesma dança de
espadas em volta
da flor da morte

eu já fui pura, eu era minha
hoje pertenço à pornografia

vendi tudo que tinha
pelo prazer do homem
para gozar feito homem
como devem ser os homens

no fundo sou só o fundo
oco à espera do soco

não entro nem saio
só entro e fico
só fico e dilato
o buraco da alma

joia

passou anos
produzindo pérolas
para atirar aos porcos

passou anos
dedos impuros
achando que era muda
achando que era porca

parecia mentira
que trouxesse em si
essa joia – duas vezes maior em vibração
           infinitas vezes menor em forma

agora ao invés
de ir ao chiqueiro
faz colares inteiros

régua

nem 1cm de mim será teu
nem 1cm de axila, de seio
da sombra embaixo da saia
nem 1cm de memória
da mistura do agora com a saudade
nem 1cm da sandália
da senha do celular, das redes sociais
nem 1cm do cabelo
do cenho, do sorriso, dos passos rápidos
nem 1cm do gato, do quarto
da casa dos pais, dos trajetos, das viagens
da firma, da academia, da terapia
nem 1cm de quem acha que sou
como é minha bunda, pra quantos dei
do quanto chorei semana passada
nem 1cm da primeira vez
dos ex, dos casos, dos beijos, dos amassos
nem 1cm do quanto de pele
está coberta ou à mostra, da idade
nem 1cm do vibrador
da dor, do ciclo menstrual
nem 1cm meu será teu
ou dessa régua pela qual se mede
e certamente
não me cabe

paraíso liberto

I
um corpo vazio
apesar de corpo
ainda que possa
ser preenchido
por cor e forma

II
não escolhi esse
copo constante mente
meio cheio
meio vazio
penava pensando
nessa questão
eterno meio
sempre meio
embora partido
mas nunca cheio
e me embebedava
sozinha mesmo
do meu cheiro
como se sorvesse
algum esperma

III
infeliz corpo silente
triste esfera
de pensamento (vão)
abria as pernas
e me abria a tudo:

a todos que amava
menos a mim mesma
nessa ida filosofia
ideal da matéria
teresa? maria? vadia? santa?

IV
a única verdade
é que desde o dia
que caí no mundo
fruto do útero moderno
só me encheram
os ouvidos os orifícios
com mentiras com barulhos
me calaram até o fundo
com desgostos com esporros
sobretudo na boca

V
hoje me fecho
não escuto
me sei e me sinto
despossuída
mais astuta
mais esperta
escolhida
a escolher:
colho
os frutos
(todos
quaisquer
ou nenhum)

que fortalecem
que me apetecem

VI
e jamais
me encolho
escolhi ser cheia
buscar inteira
o fruto que resta
saber a fome
saciar a sede
que me interessa
me entregar toda
feliz e completa
ao fruto que pende
somente inteiro
semente dispersa
dura jornada
redescoberta!

VII
esse fruto divino
dividido entre
sangue e lágrima
urina e esperma
enfio na boca
enfio na carne
minha serpente
o pomo de Adão
que me faz Eva
em nome do pai

VIII
porque eu quero
quebrar o copo
encher o corpo
de afirmação
até que me torne
até que retorne
ao estado primal
de fêmea pura
atrás do macho
original

IX
que esse macho
saiba se dar
e não tirar nada
além disso:
me recoloque
no meu sagrado
feminino
e se desfaça
raiz do ser
masculino!

X
seja soberana
seja sobre tudo
o que me faz fruta
maçã da árvore
plena e nua

trago

um descuido
e te acendo
entediada
eu sugo
te desgasto
e diminuo
me satisfaço
no acaso
da casa
no escuro
te desfaço
te consumo
e ainda cuspo
na sua cara
toda a fumaça
desgraçada

só fica na boca
esse amargo
na mão o cheiro
do tabaco
que amenizo
com um gole
direto no gargalo
ainda acha que
pago boquete?
assiste sentado
cinzeiro do lado
se não me pagar

com suas cinzas
até o filtro ou o talo
espera pra ver
como te apago

Iconoclasta

Eu mesma me pego

injeto aplico aplaco

esfrego abro buraco

Eu mesma me forço

ajoelho engasgo engulo

imploro gozo seco

Eu mesma me acabo

com boca com cona

sem risco sem sêmen

Eu mesma me basto

recuso pica de otário

seja cavalo ou coelho

Eu mesma me afirmo

na ideia de homem

mediano pueril e perene

Eu mesma não falo   Mas me despedaço

masoquista inconfessa   onanista do caralho

à espera deste inteiro   do sagrado masculino

Sou arteira

armagêmea – cinco poemas atirados de mim

> *No princípio era o Verbo,*
> *e o Verbo estava com Deus,*
> *e o Verbo era Deus.*
>
> João 1:1

I

a deus

a deus consagro tudo
corpo   mente   sexo
então vaga me conduzo
ao seu vago desconexo
desconectado do ser
profundo   profano
fundo
mundo
rasgo
plano
etéreo
eterna   matéria   bruta

II

eu falo

falar
dói um pouco menos hoje
do que doeu ontem
e amanhã doerá ainda menos
porém enquanto dói
continuo vivendo
só o L dessa fala
ficou um pouco distorcido
como uma letra estrangeira
meu amor decaído
pelo sexo masculino
tanto faz
fumo e bebo sozinha
não me importo
me alivia
mas se me perguntassem mesmo
o que eu realmente quero
é um verbo divino
para enfiar na boca

III

ao eterno

a parte que me cabe
gostaria que me coubesse
não armalonga
não armabranca
não armadura
não às armas
basta de guerra
entre os sexos
você se arma até os dentes
buscando minha gengiva
meu peito aberto
minha armadilha
meu olho cego
sou forma de aço concreta
mas diante da sua música
– instrumento! –
me estilhaço como vidro
ao eterno

IV

armagêmea

armagêmea...
...minha armagêmea
aquela
que me completa
onde estará?
quando a encontrarei?
aquela
que se molda
e que
me fará
ser moldada
para ela
tiros...
...tiros
tiros...
de prazer
que me atire
do meu ser
e me coloque
no meu lugar
como mulher

V

e o fim

você
mostra a arma
e eu a tiro
mostra a alma
e eu a cerco
retiro o resto
daquilo em
você mesmo
e me dispo
e me despeço
deste homem
eterno
entre o meio
do meu éden
e o fim

Alguns dos poemas que integram este livro foram postados no finado blog *tudo sei, nada tenho*.

O poema "Falicismo" foi finalista do Slam Petisco em 2017.

No mesmo ano, os poemas da série "armagêmea" foram declamados em algum sarau de uma noite qualquer em São Paulo. Peço desculpas pela minha memória ~~fálica~~ falha.

Notas

1 Do japonês, "sozinha", "solitária". Escolha arbitrária; na língua japonesa as palavras não têm gênero.
2 Idem, "nostálgica".
3 Do grego, "mulher que dá prazer".
4 Idem, "siga-me".

Agradecimentos

a Alex Schrijnemaekers e a Luiz Roberto Guedes pelas primeiras leituras do livro,
a Paulo Hol, doutorando em Letras Clássicas na USP, pelos títulos em grego,
a Filipe Moreau, pela edição carinhosa, e a toda a equipe da editora,
a João Angelo, pelo lindo prefácio que orgulhosamente abre o livro,
a Marcelo Girard, pela paciência e capricho do projeto gráfico,
aos leitores da época do blog, pelas leituras e comentários:
nada além da minha humilde gratidão.

Índice

Prefácio / João Angelo Oliva Neto 7

Contre tous 21
Falácia 24
Sexo forte 25
寂しい (sabishii) 26
懐かしい (natsukashii) 27
4/5 28
coração de couro 29
onipresença 30
Selvagem 32
caprichoso 33
Fascinum 34
Priapo 36
Ideal de beleza 37

GAG	40
marginal	41
Herança	43
terra úmida	44
εὐφραίνουσα (euphrainousa)	45
ἀκόλουθε (akolouthi)	46
Encanto	47
iPh	48
nude na *stone age*	49
Fato	50
Fisiologia da questão	52
fada (sou mais fálica que muito homem)	53
MC pesquisadora	54
Deus-falo	55
Oração	56
Deusa	57
Deus	58
assassino	59
Falicismo	61
No bosque do colégio de freiras	62
Estereótipo	63
Documento	64
Subversão	65
Contenção	66
Expiação	67
motivo para cortar as unhas	68
joia	70
régua	71
paraíso liberto	72
trago	76
Iconoclasta	78

armagêmea – cinco poemas atirados de mim
- I – a deus 79
- II – eu falo 80
- III – ao eterno 81
- IV – armagêmea 82
- V – e o fim 83

COLEÇÃO POESIA ORIGINAL

Quadripartida	PATRÍCIA PINHEIRO
couraça	DIRCEU VILLA
Casca fina Casca grossa	LILIAN ESCOREL
Cartografia do abismo	RONALDO CAGIANO
Tangente do cobre	ALEXANDRE PILATI
Acontece no corpo	DANIELA ATHUIL
Quadripartida (2ª ed.)	PATRÍCIA PINHEIRO
na carcaça da cigarra	TATIANA ESKENAZI
asfalto	DIANA JUNKES
Na extrema curva	JOSÉ EDUARDO MENDONÇA
ciência nova	DIRCEU VILLA
sob o sono dos séculos	MÁRCIO KETNER SGUASSÁBIA
Travessia por	FADUL M.
Caminhos de argila	MÁRCIO AHIMSA
Tópicos para colóquios íntimos	SIDNEI XAVIER DOS SANTOS
A casa mais alta do teu coração	CLARISSA MACEDO
deve ser um buraco no teto	CAMILA PAIXÃO

© 2022 Alice Queiroz
Todos os direitos desta edição reservados à Laranja Original.

www.laranjaoriginal.com.br

Edição   Filipe Moreau
Projeto gráfico   Marcelo Girard
Produção executiva   Bruna Lima
Diagramação   IMG3

Dados Internacionais de Catalogação na Publicação (CIP)
(Câmara Brasileira do Livro, SP, Brasil)

Queiroz, Alice
  Eu falo / Alice Queiroz. – 1. ed. – São Paulo:
Laranja Original, 2022. – (Coleção poesia original)

  ISBN 978-65-86042-48-1

  1. Erotismo 2. Poesia brasileira I. Título.
II. Série.

22-121790   CDD-B869.1

Índices para catálogo sistemático:
1. Poesia : Literatura brasileira B869.1
Cibele Maria Dias - Bibliotecária - CRB-8/9427

Laranja Original Editora e Produtora Eireli
Rua Capote Valente, 1198
05409-003 São Paulo SP
Tel. 11 3062-3040
contato@laranjaoriginal.com.br

Papel Pólen Bold 90g/m² / *Impressão* Oficina Gráfica / *Tiragem* 300 exemplares